KB196435

몽타주로 만든 공

유태안 시집

몽타주로 만든 공

달아실시선
86

달아실

보조 용언과 합성 명사의 띄어쓰기 등 본문의 맞춤법은 시인의 의도에 따른 것임.

시인의 말

뒷문을 열고 곰팡이 핀 바람의 시간을 꺼내 옵니다
뒷문을 열고 어미 닭이 놓쳐 버린 지네 숨어들어 간 벽의 틈을
만납니다
뒷문을 열고 앞마당에선 자라지 못한 이끼의 바위들을 만납니다
뒷문을 열고 달에 올라탄 기러기들의 행렬을 만납니다
뒷문을 열고 풀숲에 떨어진 알밤을 줍습니다
뒷문을 열고 뒷문이 닫혀 있을 때만 꿈꾸는 반란을 만납니다
평소에는 열려 있지 않은 뒤란으로 가는 문을 열고 오래 장독에
담겨 발효되었을 된장 같은 시간을 퍼 담았습니다

2024년 가을

유태안

차례

몽타주로 만든 공

2부. 몽타주 씨앗을 찾아서

3부. 자전에서 나방 찾기

4부. 市에서 詩까지 걸어가기

독자에게
— 편집 혹은 몽타주

인간은 자기가 필요하다고 생각하는 것만 보고 필요한 자극만 받아들인다. 이를 '선택적 지각selective perception'이라고 부른다. 자기가 보고자 하는 것을 보려고 집중하기 때문에 놓치는 현상도 있는데 이를 '무주의 맹시inattentional blindness'라고 한다.

인간은 자신이 필요로 하는 자극만을 선택적으로 받아들이며 자신이 선별한 자극들에 의미(개연성, 상관관계, 해석, 관계성 등)를 부여한다. 이를 '해석'이라 한다.

세상의 모든 것들은 끊임없이 구성되고 해체되고 재구성된다. 이 모든 과정을 한마디로 편집이라 한다.

당연한 경험들에 대한 '의심(호기심, 의문, 질문)'에서 편집 과정이 시작된다.

나는 이러한 편집 과정*을 몽타주라고 부른다. 이 시집은 몽타주의 기록들이다.

* 김정운 교수의 『에디톨로지』에서.

1부

몽타주로 만든 공

몽타주*
― 몽타주로 만든 공

줄어드는 웃음 던져 버리고 싶은 통증들은 살 맞대고 텅 빈 내부를 지키지 늙어 간다는 것, 축구공처럼 조각조각 이어 붙인 욕망 안에 바람 빠진 튜브를 품고 손에서 놓여난 희망이 떨어져 내린 높이만큼 튀어 오르지 못하는 날이 늘고 바닥에 공을 튀기듯 자꾸 안에다 묻지 뭘 위해 살지? 이렇게 늙고 싶진 않았는데 대답 대신 튀어 돌아와 평온한 유리창 깨트리는 탱탱볼 하나

퍼즐을 맞추듯 조각난 기억 둥글게 이어 붙이며 웃는 남자

* 몽타주montage : 영화에서 짧은 장면들을 여러 개 연결해 새로운 의미를 창조해 내는 편집 기법.

몽타주
— 함정 피해 가기

변비처럼 딱딱하게 뭉쳐 있는 말 닫힌 하늘에 넣은 주문注文, 믿는 발 믿는 눈 믿는 귀 의심, 닫아 두었던 원죄原罪 이전 감각으로 말의 껍질 벗기고 쫄깃쫄깃한 말의 알맹이 춤 입력된, 명령 자석에 딸려 오는 쇳조각 기억, 새장 속 날지 못하는 새 혹은 울기만 하는 詩는 사절謝絶, 라디오 체험수기 시나리오 같은 허무의 꼬리 잘라내고 부어오르게 하는 독침 같은 후회도 그만, 까마귀가 숲에 숨겨 놓은 씨앗 싹 트는 것처럼 암벽 등반 아닌 미끄럼타기로 도착한 어제의 내일에게 말 걸기, 내가 누군지 내일의 내가 말해 줄 수 있을까 잊고 산 세월의 주머니 속 풀리지 않는 수수께끼 함정에 붙잡혀 있는, 조심하라는 말을 조심하고 가고 싶은, 더 깊은 곳으로 가 보기

몽타주
— 하루의 증언

　믿고 싶은 생각 속 종일을 강박증 걸린 허수아비로 서
있는, 누구라곤 말하지 않을게 지켜낸 거라곤 목숨밖에
없다고 기록하며 지우는 자괴감도 온전한 내 건 아니니까
선택된 그림자 기억이 모두 사실이라는 착각 속을 건너
다니던 나무늘보 우린 느리게 어제의 가지에서 오늘의 가
지로 건너온 증인들 긴 인류 역사의 잘 보이지도 않는 한
점이지 내가 지금껏 걸어온 시간 중간에 말뚝을 박고 세
운 허수아비처럼 간수看守가 없는 말의 감옥 문은 수시로
열리지만 탈출을 꿈꾸지는 않지 두려움의 감옥이니까 그
건 유치留置된* 자유로 달려가고 있다고 믿는 망상, 채널
을 옮겨 다니는 자기 최면, 가벼워지기 감정 필터로 산란
産卵한 영상 집합체 그래도 그게 나인 걸 어떻게 미워하겠
어 발버둥칠수록 더 깊은 수렁 설계된 개미지옥 탈출하기
그 꿈마저 버려 버릴래 원점 너머에 사는 기억의 원주민에
게 전해지는 파동 무늬 인사 버리고 떠난다는 말 너무 쉽
게 말하진 말아야지

* 유치留置되다 : 1. 갇히게 되다. 2. 맡겨져 보관되다.

몽타주
— 파리지옥 테이프

비상구를 향해 달리다 아스팔트 검은 테이프에 붙어 버린 자동차들, 예보보다 미리 도착한 구름의 횡포, 엘리베이터로 실어 나르는 광고 따라 오르다 덜컥 붙잡힌 하루, 취소하기 힘든 선택의 우울한 퇴근, 별 목적 없이 찍어 모아 놓은 사진 속 부아의 방문, 어디에 쓸까 스마트폰 메모장 비밀회의에 떠오른 태양, '만약'이란 더듬이가 찾아 들어간 벽, '만약'이 찾아 도망친 미래 광장, 누린내와 비린내의 결탁, 누워서도 날고 잠자면서도 날고 날면서도 날아야겠다고 결심하다 딱 붙어서, 발설 전에 발버둥도 못 치고 죽어 있는, 말의 지하실 계단 내려가 설치해 놓은 끈끈이 쥐덫, 붙잡힌 소름 전달자의 발자국 (나)

몽타주
― 비둘기에게 모이 주지 마세요

관광객이 발밑에 뿌려 주는 모이를 기다리는 비둘기들, 살이 쪄 날지 못하는 하루 뒤뚱거리는 경고 달고 달리는 열차 부딪쳐 박살 나는 단식의 꿈, 은밀하게 가담한 폭력 현실, 지퍼가 열리는 광고 반라半裸의 유혹이 무수히 걸고 있는, 광장 멀리까지 날아간 흥분 노트, 댓글 문자 몇 개의 가시에 찔려 곪기 시작한 어제, 날개가 반짝 빛났던, 실종 자작극의 덩굴 어두컴컴한 문장 속에 숨은 도피, 계속 시를 써야 하는 이유와의 맞선 몇 줄, 몇 시간과의 포옹과 작별 키스, 길바닥을 근거로 사는 비둘기들 빈집에 들어가 사는 경고

몽타주
— 잃어버린 입맛

　납작한 나무 혓바닥이 박혀 있는 아이스바 다 먹고 나면 입은 닫히고, 단맛 찾아오는 개미 머리 가슴 배로 이루어진 문장 갈증 가슴에 달린 발과 날개 갈라진 벽 틈새로 기어들어 갔다 흘러내리는 금 이사 가는 문장 나뭇잎 밑에서 밟혀 뭉개지는 단어 몇 개 의심하지 않아 무럭무럭 나이를 먹어 가는 시력 보이는 것 모두 사실이라는 믿음도 안경을 썼다 벗었다 머지않아 적응되겠지 중독된 생각 중독된 입맛의 딱딱한 믿음 혁명가의 설교보다 강력한 보름달, 언어 비무장 지대 보초병(자신을 지킬 수 없던) 찾아온 목회자의 추도 예배, 오는 대로 버려서 허황된 믿음 쪽으로 흘러간, 도무지 썩을 생각을 하지 않는 아스팔트 위 오래된 발자국

몽타주
― 연대連帶 책임

　지상에 떨어지며 서로 연대해 뱀처럼 길을 잡는 빗물,
안주 맛집을 찾아가는 혀, 소주를 넘겨 편집하는 시궁창
트림 큭, 놀랍도록 협조적인 몸의 조직들, 너무 오래 혹사
해 치유가 필요한 목 그리고 손과 발, 얼마나 더 가야 하
지 의문을 밟고 가며 생긴, 오늘의 하수도下水道로 행군하
는 군화 속에 고인 피, 제대 후에까지 따라온 수많은 공격
성 질문과 회피성 답변의 긴 행군, 도망치고 싶은 당위성
의 대열을 이탈한, 사회 이등병의 불안과 우울, 선임병들
은 아무도 넣지 않는 소원수리통* 국민신문고, 정의롭지
못한 이야기 하나에 체한 토악질, 완전무장으로 넘어가는
연대連帶 책임의 깔딱 고개, 집단치유 명령 숲 입구, 억울
한 주먹질에도 입안을 지킨 이빨처럼, 완전군장으로 사각
콘크리트 낙석落石** 도로 지날 때, 알 수 없는 싸움이 벗
어 놓고 간 편도선염 한 켤레, 목 안까지 와 넘어진 행군

* 소원수리 : 군에서 억울한 일을 당했을 때 글로 써서 비밀스러운 통에
　넣어서 호소하면 조사해 해결하는 방법, 역효과를 경험한 선임병들은
　넣지 않음.

* 낙석 : 전차 통행을 지연시킬 목적으로 좁은 암석 계곡 도로에 설치하는
　사각 콘크리트 구조물.

몽타주
― 길 안내

　내 힘으론 뚜껑을 열 수 없는 기억, 손에 쥐고도 마실 수 없는 물통, 갈증의 발자국만 그려 놓고 떠난 첫사랑, 언제든 친절한 AI 아나운서 길 안내에 꼭 넣고 싶은 주문 첫눈 오는 길로 안내해 골목 외등 불빛에 펑펑 쏟아져 내리는 첫눈 그녀처럼 나이를 먹지 않는 나무 한 그루 서 있는 길 안내해 줘

몽타주
—발음 교정

귀가 어두운 사람들은 자기 발음의 색깔이 궁금하지 울음과 웃음의 색깔, 삼켜야만 하는 세상 소리의 맛, 목구멍 저 너머에서 만들어지는 세상의 온갖 색과 화려한 옷의 외출, 하필이면 어울리지 않는 옷을 꺼내 입는 것처럼 어색한 의심, 내가 나를 배신하듯 내 편이 되길 거부하는 날들, 내일이 넘어오는 첩자들의 집 목구멍, 그 길에 생긴 교통사고 같은 발음을 골라내며 열심히 하루를 수습하지 소통되지 않는 말을 만들어 내듯 수많은 날이 넘어오는 어둠의 방 허파꽈리를 서둘러 돌아 나오는 공기처럼 발송되자마자 회수回收 명령이 발송되는 발음 시간들, 거기 서 있는 거야 사는 건 출입이 제한된 소리 공장의 지정된 통로 지날 때 검색대를 통과하듯 교정을 받지만 돌아갈 땐 형편없이 망가져서 가지 오늘 목구멍소리 발음 ㅎㅎㅎ

몽타주
― 얼룩과 앙금

억수로 쏟아져 내린 비, 헤어졌던 길들의 화해 악수, 붙잡고 있던 오물도 함께 만나는 진흙탕 싸움, 여야與野 회의 주제는 폭우, 대책 없이 성난 물처럼 싸우고 제목 맞춰 이리저리 생긴 지면紙面의 통로에 보이지 않게 숨어 있는 앙금과 얼룩

세상의 죄악을 씻어 내려고 석 달 열흘 동안 퍼부었던 비의 기록에서 살아남은, 모든 게 제자리로 돌아오길 바라는 희망, 그것마저 눅눅해져 곰팡이 피는 장마, 찜통 세월을 에어컨도 없이 견뎌야 하는 사람들 선량함을 싣고 갈 방주는 누가 만들지

마침표 없는 문장에 싣고 갈 정결한 짐승은 보이지 않고 까마귀 소리만 들리는 오후

몽타주
— 모피방

　잠들기 전, 굳이 비유하자면 군대에서 밥 위에 부어 줬던 카레 같은 오늘 하루 그냥 깊이 생각하지 않고 자면 허기와 불면증은 피할 수 있지 싶은 날, 제자가 보내온 시소설(내가 붙인 장르)「모피방」* 읽다 자다 깨다 고등학교 문예부 부원이었을 때 시를 쓰기도 했던 제자弟子 소설가, 빗물에 떠내려온 벚꽃 잎 모인 웅덩이 느낌의(남자도 섬세할 수 있지) 서사, 감탄과 의문을 전송하면 내가 원하는 대로 편집해 돌려보내는 기억의 방(불면증 조짐) 멀리 수돗물 트는 소리 리모델링이 필요 없는 헤어스타일, 한 가지만 고집하는 샴푸 향기 변기 물 내리는 소리처럼 오늘에서 수거되는 당신 당신 나?

---

* 전석순 소설집, 『모피방』(민음사, 2022)
　'모피방'의 뜻은 한때 중국에서 유행했던 인테리어 방식으로, 내부에 기본 골조 외에 어떤 다른 옵션도 없는 방을 말한다.
　애초의 의도는 리모델링이 필요 없이 처음부터 취향대로 인테리어를 할 수 있도록 비워 둔 방이었으나, 시세보다 저렴한 가격 때문에 주로 소득이 낮은 이들이 이곳을 찾게 되었다. 취향대로 인테리어를 할 수 없는 이들이, 변기도 수도도 놓여 있지 않은 텅 빈 방에 들어가 지내게 되는 것이다.

몽타주
― 모임

　극단적 선택이라는 표제標題 먹고 버린 소화제 병瓶 발견되는 바닷가 기억할 필요까지는 없는, 그냥 사건, 무언가 앞으로 휙 새인지 그림자인지 굳이 기억하려는 돋보기 안경 지나간 실금 어디까지 갔었지 속촌가 동핸가 기다리지 않아도 오는 수다 모래밭 걸터앉은 바위 모르는 새 옆에 와 있는 여자 모르는 새 철썩 아무 일 없이 돌아가는 파도 짧은 기다림 발모제 바른 대머리 김 씨의 몇 올 남은 자존심 바람에 날려가고 소주나 한잔 같이하자는 위로慰勞가 스티로폼처럼 떠도는, 그립던 해풍과 파도의 민낯처럼 줄 끊어진 샌들 간섭에서 떨어져 술 냄새 풀어 놓고 돌고 돌다 또 그 자리 즉석복권 찢어 나눠 갖는

몽타주
— 검진檢診

    병원 검진복으로 갈아입고 먹고 싶은 음식 갖고 싶은 타이틀 잠자고 싶은 욕망 스스로 속을 볼 수 없는 나도 잠깐 내려놓고 불길한 방향으로 내달리는 상상 숨어 있다 나타나는 불안과 초조 염증 촬영할 조영제造影劑 먹고 들어가는 통 속, 잠자고 있던 감옥 속의 소음들 훑고 지나가는 빛

    밥통 주머니에 이것저것 퍼담아 나르던 수많은 하루 중 어디서였을까 이기적 유전자 보전을 위한 과잉 영양 공급과 잉여생산물 처리를 위한 전쟁 상처 휴식이 필요했을까

    검진 결과 기다리는 창가의 노을, 줄 서서 정체 중인 퇴근 차량 쓸쓸해 보이는 검진 후유증, 처방전에 추가하기 힘든, 걸어서 집까지 가는 반항

몽타주
— 실종

잠을 자야 하는데 찾아온 전화 가지 말아야 할 곳에 두고 온 쓸쓸한 말꼬리, 너는 뭐 별다른 줄 아니 옛 주인 만난 듯 컹컹 찾아오는 이웃집 개, 귀 쫑긋한 기다림의 앞발, 파스를 붙였던 자리 긁다 생긴 상처

잘못 씹은 고기 잘못 씹힌 생각, 혀 깨물고 있는 식사, 뱉어내는 욕설 따라 나오는 피 함께 이들이 있어야 할 이유의 실종

TV에서 종일 시끄러운 개발 비리 실종된 정치 후에 실종된 치매 노인 아픈 어제 다행히 실종되었던 희망과 기쁨이 입고 있던 옷 그대로 발견되고

순간 이동瞬間移動으로 인문사회대 건물 맨 꼭대기 층 국문과 사무실 밤새 불을 켠 시험공부 쓰레기통에 구겨버린 詩

무얼 좇다가 여기까지 온 거지 불면의 연결 통로에 눈만 감고 쓸쓸히 돌아누워 내일

몽타주
— 참새와 나 그리고

채소 트럭 위 참새들, 아파트단지 식당 앞 주차해 놓은 구름, 배추 팔다 흘린 떡잎의 시간 쪼며 통통 뛰어다니다 눈치 식사 중, 누군가 흘리고 간 것들로 채우는 한 끼 호기심 국물 퍼먹던 숟가락 내려놓고, 오래 씹는 제육 덮밥 고기, 운전기사가 구겨버리는 공짜 커피 종이컵, 구름과자 후식 시동, 화들짝 날개 펼쳐 참새 무리 따라가다 대열을 놓치고 서둘러 계산하고 신발 찾아 신고 고장 난 날개 수습 인사

몽타주
— 다른 그림 찾기

　어제가 도장 찍힌 내일, 말줄임표의 언덕, 부처님 눈꺼풀 위에 앉은 천년이 걸어간 자리, 데칼코마니 날개 문양을 만든 나비들의 생존 전략, 나무 안에 지은 집에서 탈출하는 벌레들처럼 어제의 술병 마개가 열리고 취해서 쏟아져 나오는, 통제하기 어려운 감정의 방출, 세상의 모든 신에게 드리는 인사, 안녕이란 말이 필요 없는 신께선 무슨 보람으로 태양 바퀴를 돌리시는지 진심을 숨기고 웃자란 불량 인간 솎아내는 일 지루하진 않으신지 분명히 다른 오늘이 세월 지나 같아지는 이유, 시간의 피대皮帶 위에서 한 발자국씩 앞으로 가도 뒤로 가는, 지구 바퀴를 돌리는 사람들 오늘과 다른 그림 찾기 내일

몽타주
― 두 개의 선물

한 통의 크레파스 중 가장 먼저 닳아 없어지던 색깔을 기억하는가 녹슨 고철古鐵들을 주워 가면 달콤한 엿으로 바꿔 주던, 쩔렁거리는 가위소리 찾아오는 골목길 한 아름 분꽃의 합창을 들려주던 크레파스 선물 추억할수록 맑은 샘물 고이는 아침, 온통 황금색으로 칠해진 은행나무 숲길 걸어 도착한 젊음, 대학 도서관의 고정석固定席처럼 검정 대학 가방을 차지하던 시집 함께 들어 있던 양은 도시락, 쓸쓸한 식사 후 찾아가던 나무 아래 벤치와 미래의 나에게 안부를 타전하던 전동타자기 달리기하듯 숨 가쁘게 오르던 그 언덕 햇살 마신 나팔꽃들의 합창 가지런히 들어 있는 크레파스 한 통 한 가지 색깔 편식하며 피워 가던 그리움 퇴근하는 자취방 울타리 빨간 강낭콩꽃 그녀

몽타주
― 구멍들

　점퍼 주머니 모르는 새 생긴 구멍 밖으로 탈출한 동전처럼 자고 일어난 눈물의 아무 곳, 상호가 반쯤 지워져 가는 상가 계단 아래 일인 시위―人示威 하는 돌, 그 옆으로 밀고 올라온 민들레꽃 수챗구멍 홈통으로 들어가는 바람 소리 필리핀에서 왔다는 여자 원래 여기 오려고 온 게 아닌데 고래고래 소리 지르는 현장, 공습 대피 경로 금 간 아스팔트길 틈새, 행인들 발밑에서 살아남아 삐죽 얼굴 내민 바랭이들, 줄 서서 가는 출정식 중간에 줄 타고 내려온 거미, 뜯겨 나간 거미줄 기록, 구멍 뚫린 현수막처럼 철거되는 약속, 애써 챙겨 기억하려 해도 생기는 구멍 눈에 띄지 않는 먹이를 찾으러 온 망각 특공대 비둘기 떼

2부

몽타주 씨앗을 찾아서

몽타주
― 응시凝視

　아이들 웃음 운동장 의도 밖으로 방향을 틀어 굴러가는 축구공 삑! 체육 교사 호각소리 소집 해제되어 콩밭에 숨은 공, 아이들 사라진 운동장 가에서 상체만 기웃해 보는 은사시나무 위 주차한 구름 팔랑팔랑 낙엽들이 따라나서는 바람, 날개를 다시 접은 깃대의 깃발, 삑삑 거기 주차하면 안 돼요 가세요 슬그머니 출발하는 응시凝視, 구름

몽타주
— 환호성 골짜기

  출입문이 여럿인 야구장 환호성의 골짜기 광란의 응원 함성 북소리 투수의 가슴에서 출발해 포수의 글러브 속 빨려 들어가는 공空, 들숨 날숨의 정지 순간처럼 멈춰 버린 글러브 속의, 생각을 뭉쳐 투수에게로 전달되는, 제자리걸음 하는 점수 부러진 야구 방망이가 뛰고 일루를 밟지 못하고 돌아서는 사인sign 종일 서 있는 의자 위에 내려앉는 비둘기 뛰어 뛰어 아무 일 없다는 듯 파란 하늘 집으로 가고 싶은 하루

몽타주
― 감지 센서

산업안전교육 강의실 천장, 작동 중인 스프링클러 센서, 머릿속 대기하고 있는 물과 불, 식곤증 강사의 지진 해일 정전, 가상 상황의 경고, 비상 대피로待避路 입구 탁자에 놓인 사탕 바구니, 출석자 명부 숨어 있다 활동을 시작하는 모기, 대기 중인 가려움증, 맨 뒷줄 공석空席에 앉아 조는 연수 담당 직원, 대기 중인 불확실성 센서 아무도 위험을 알려 주지 않는 침묵

몽타주
— 지퍼를 내리고

지퍼를 내리고 까맣게 잊고 있던 수밀도水蜜桃*의 가슴을 만날 때 뛰기 시작하는, 열면 열리는 동쪽 풍향계 바람 없는 날 계단 발걸음을 세는 옥상 출입문 열면 열리는 낮잠 개집 안에 든 햇살에 엎드려 자는 열면 열리는 닫아 놓음의 의미와 열음의 그림자 지퍼를 내리고 시원하게 방뇨를 할 수 없는 그림자 열면 열리는 숨바꼭질 같은 날 날아오르는 기억 차력사

* 살과 물이 많고 맛이 단 복숭아.

몽타주
— 저격수는 노출되지 않는다

여자의 입은 창문이었다 창문이 열리자 밧줄을 타고 내려오던 사내가 저격수의 총에 맞아 나뭇등걸처럼 떨어졌다 007은 말한다 여자가 입만 열지 않았어도

(자신을 노출하지 않는 저격수 세 명의 위치가 공개되지 않은 007 영화 독자들은 자신도 모르게 주어진 저격용 총으로 목표물을 저격했다)

이후의 세상이 더 평화로워졌는지는 모른다

몽타주
— 돌아보다

그림책 속의 잠자리에 붙잡힌 시간, 무료함을 늘어뜨린 깃대 위 구름의 표정, 수업시간에 몰래 화장하다 들켜 버린 여학생 빨간 입술, 헐렁한 바람 발자국 같은 줄무늬 민소매의 시간, 옷 입은 유리병 속 개미들처럼 줄을 서서 병 속을 돌고 있는 문장들 갈아 끼운 손선풍기의 건전지 제 몫의 바람을 만들고 수명이 다해 누워 있는, 아무 일도 일어나지 않는 하루 구름

몽타주
― 반추反芻

수백만 마디 환한 벚꽃 고백 터널 안, 잉잉거리는 벌들
작업을 지나 탑승한 비행기 창밖, 하얀 구름바다, 구름 섬,
카메라에 담아 오지 못한 몇 겹의 구름 시간대 지나, 공항
검색대 지나 거울에 비치는 나 못 본 듯 지나, 다른 나라
말의 옷 입고 나타나는 사람들 손짓 발짓 차려진 식사, 이
런 곳이 있었어 세상에 계절을 바꿔 젓가락처럼 내려놓고
온, 기억 차려진 밥상에 앉아 지금도 여행 중 지워진 기억
중간중간 갈아 끼우는

몽타주
— 바다거북

　무사히 바다에 도착했을까 사막에서 갓 부화孵化한 바
다거북들 파도 있는 쪽을 향한 한 페이지 기호들의 본능
이동 노리는 갈매기들 사막에 숨은 뿔독사 사막에 사는
죽음 찾는 전갈(데쓰서치전갈) 사막에 사는 오릭스 사막
에 사는 바람의 신 모래 욕설('사막에 사는'이 사라진 시
점의) 오아시스의 연주 모래 침대 위의 달 낙타들 입김 주
먹질 매일 옮겨 개장하는 모래 언덕 박물관 사막 거북은
무사히 도착했을까 넘치지 않는 부호들의 바다 춤추는
해초들 사이에 무사히 도착했을까

몽타주
― 이야기 거북

　갈라파고스섬 거북 기어가고 있는 이야기 덤불 바람 불면 원주민 이야기 굴리는 바람 그치면 거북이 기어 나오는 멀고 가까운 네가 울면 내가 웃고 거북은 열심히 기어서 오고 나무 아래엔 불편이 앉아 있지 칠면조 깃털이 날고 있는 침묵 풍선처럼 둥둥 떠오르는 꿈 끌리는 것들끼리 무선 신호 접속 완료 건져 가기만 하면 되는 거북 이야기 머리가 몸통 속으로 들어갔다 나왔다 하고 말주머니 알을 낳는 거북 이야기 몸집이 커질수록 더 궁금해지는 오늘 배설물이 가라앉아 섬이 되는 이야기 거북

몽타주
— 노을 편지

더없이 소중한 사람 누군가 만나기 위해 내려가야 하는 동굴 누군가 만나기 위해 버려야 하는 주소 누군가 만나기 위해 불러야 하는 노래 누군가 만나기 위해 찾아가야 하는 절벽 누군가 만나기 위해 떠나야 하는 강가 누군가 만나기 위해 꺼내 읽는 약속 노을 편지엔 있지 누군가가 아직도 떠나지 않고 있는 노을 꼭 만나야 하는 누군가 말도 한마디 없이 절차도 없이 거울 속으로 사라진 봄의 탈영脫營

몽타주
― 씨앗을 찾아서

　중첩된 공간과 시간의 숨바꼭질 속에 숨어 있는 나의
신부 찾기 신부가 벗어 놓고 사라지는 그림자 술래가 되
어 찾아 나선 오후의 방 나는 은유와 상징을 쌓으며 짓는,
춤추는 감옥, 출입 계단 위에 앉아 있는 고양이 수염에 닿
는 핏빛 선명한 야생의 기억 터널 지나 죽은 듯 연기演技
하는 하루 액자 속의 액자 물방울에 비친 우주 소환된 자
들의 이름표로 붙인 불꽃 시집의 서랍 속에 동그마니 남
아 있는 햇빛 씨앗

몽타주
― 연하장 보내기

평면적 그림이 아닌 입체적인 그림 갑진년甲辰年 초하루 하늘 꼬리는 구름 속에 묻히고 머리를 구름 밖으로 내민 청룡 연하장 아파트 창문 밖의 달 여의주 탐하는 작가의 해체된 詩句가 파도로 밀려가는 바다 붉은 낙관落款 찍힌 메아리 무한 반복 용 비늘 그려 넣은 기원 복 많이 받으시고 건강하시길 건강하길

몽타주
— 그림자 밟기 놀이

제 그림자를 보고 무서워 울던 아이 그림자 점점 커져 아이도 자랐지

그림자에서 도망치는 방법은 어둠이 되는 것 어둠이 될 수 없을 땐 그림자를 보지 않는 것

내가 도망친 그림자는 내가 아니지 도망친 나도 내가 아닌 것처럼 사실 그대로가 아닌 역사의 그림자에 사는 우리

나 없이도 돌아다니는 그림자를 두고 밟아 보고 도망쳐 보고 숨겨도 보고 한바탕 웃는 그림자 밟기 놀이 그림자 위에 서서

해거름에 길게 그림자를 늘이고 아이와 내가 서 있는 풍경

몽타주
— 허수아비와 오즈의 마법사

    망각의 세계에 사는 허수아비 어제도 내일도 잊어버리고 웃으며 서 있는 허수아비가 부러운, 사자는 어디에나 있지 그리고 아랫집에 사는 심장이 없는 깡통 로봇 데리고 가며 햇빛 덮어 주고 바람 일으켜 세워 넌 무엇을 할래 마법을 걸어 선택을 강요하는 마법사 혀 위의 집 정원, 깡통 로봇이 허구를 가지치기해 키우는 마법의 나무 열매 먹고 용감해진 사자와 심장이 뛰는 깡통 로봇과 마법이 통하지 않는 망각 때문에 온 세상 떠돌고 헤매는 허수아비, 집에 붙잡힌 오즈의 마법사 풀어 주러 가자 도로시

몽타주
― 어디로 날아갔을까

토막잠으로 대충 꿰매 놓은 하루의 상처 우울이 덧나는
저녁 식탁에 차려진 신 김치찌개에 날아와 앉는 날개 없
는 파리의 속죄, 이렇게 사는 게 아닌데…… 훌쩍 떠난다
는 거 다 버리고 산다는 거 숟가락으로 목구멍 너머로 넘
기며 아무도 아닌 한 사람에게 하는 속죄

몽타주
― 다이빙

눈감고 발을 뻗어 내려갈 때마다, 예측 저 아래에서 기다리는 바다 닿지 않는 꿈 온통 낙서투성이인 약속들

허우적거리고 휘젓고 소리치며 서두르는 착지着地, 박차며 환몽구조幻夢構造를 찢고 오르는 물 밖

몽타주
— 수석, 그 물빛 꿈

풀숲에서 반짝이는 소리 듣는 청력 떨어진 귀, 모르는
언어로 듣는 약속처럼 눈빛으로 건너는, 해방처럼 설레는
약속을 전전하는, 오류 없는 빛의 경전들, 근원에서 멀리
까지 온 신호들 살아나는 무늬

비 맞아 파룻파룻해진 풀밭에 잃어버린 속눈썹 같은 약
속 화분 갈이 하듯 옮겨 심은 눈물 다시 다시는 바닷가 조
약돌처럼 파도 속으로 던져진 추억 여전히 가스레인지 불
꽃처럼 반복해 나의 한쪽을 가열해 대는

웃음 스티커의 시간을 초월해 걸려 오는 전화

몽타주
― 대기 중待期中

   종이 없이 접는 종이비행기 붓 없이 그리는 꿈 혀 없이
하는 말 종이비행기 나는 어느 날 하늘 따라가면 따라오는

   텅 비어 가득 찬 우주 어디든 기다리고 있다가 우수수
낙엽 지는 말들 어둠 속 반짝 불빛처럼 왔다가 두고 가는
詩 대기待期 중인 바람의 혀

3부

자전에서 나방 찾기

몽타주
— 꽃병

*

빚는다는 말 앞뒤에 붙여 놓은 찰흙 같은 말, 빚는다는 말에 붙어 공간이 되는 말

굽는다는 말을 굽는 옹기 가마, 구워서 단단해지는 토기처럼 천오백 도의 열을 만들기 위해 끊임없이 땔감으로 밀어 넣는 생각, 불꽃들이 어루만지고 간 텅 빈 고요 비로소 꽃을 향해 입을 벌린

*

꽃병엔 사람들을 부를 때만 사용하는 무수한 손이 있다 사람들이 다가오면 주머니 속에 손을 넣고 보여주지 않는다

*

만나면 계속 조잘거리는 애인처럼 꽃병엔 향기를 넣어 두는 무수한 서랍이 있다 그 서랍 하나엔 나를 홀리는 심장이 무수한 신경 다발들을 모아 만든 문이 잘록한 허리 나를 가두고 문을 열어 주지 않는

*

꽃병은 자존심이 세서 사람들 앞에서 울지 않는다 작은
실금 하나도 보여주지 않으려 한다 울지 않는 여자는 무
섭지만 울음이 많은 여자도 무섭다 꽃병을 대신 우는 것
은 꽃들이다 제 몫의 울음을 다 운 꽃들은 목을 꺾고 기억
속으로 투신한다

몽타주
— 꿈의 경계境界에서

　잠 잘 오게 한다는 유튜브 이솝 우화를 듣다 새벽 네 시 안경을 쓰고 깜박 잠들었다 안경을 쓰고 꿈과 꿈 아닌 경계를 돌아다니던 안개 몽롱한 맨발의 한 줄 - 눈가 주름 타고 내려가 만나는 골짜기 - 잡혀 온 고슴도치처럼 어떻게 머릴 내밀고 움직이나 지켜본다 가시투성이 밤톨처럼 죽은 듯 웅크려 있다가 주변이 조용해지면 움직이던 고슴도치처럼 가슴 뛰는 세계로의 행보를 보여주지 않는 문장, 내 속에서 가져왔지만 다시 내 속으로 들어와 삶의 코드에 접속되지 못하는 단절, 새벽을 넘어서고 있다 안으로 들어오지 못하고 창밖을 떠도는 새벽 안개의 말들 기대고 비비고 귀엣말을 하고 떠나간 잠과 꿈의 경계 골짜기로 사라진 하루들 무당의 신주*처럼 잡고 있다가 초승달과 함께하는 아침

---

* 신내림을 받기 위한 대나무로 신과 소통하는 중요한 매개체, 대나무는 바람에 흔들리면서도 쉽게 부러지지 않는 특성이 있어 유연성과 강인함을 상징한다.

몽타주
— 유레카*

　입이 귀에 걸린다는 말 만날 수 없을 것 같은 기적이 찾아오고 아무나 붙잡고 그래 이거야 이거더라구요 무동력으로 공중을 떠다니는 발걸음 공중에 떠 있는 섬 그게 있었더라구요 상온상압 초전도체 아주아주 먼 옛날 사람들의 소망 속에는 있었더라구요 날아다니는 양탄자 타고 세월을 건너뛰어 유성 하나가 간절한 소망에 닿은 거더라구요 생각 번개가 빛의 길을 내서 먼 은하 건널 때 꿈에 얼마의 햇빛을 넣고 얼마의 물을 넣고 얼마나 기다리면 달의 기운이 찾아와 오백 년 묵은 연蓮씨 싹이 트는지 알려주고 간 기억수리공 고장 난 시간 톱니바퀴 돌게 한 거 타고 남은 재가 다시 기름이 되는 거** 녹슨 쇠못에서 꽃이 피는 거 알겠더라구요

* 유레카(eureka) : 새로운 것을 발견하거나 깨달음 따위를 얻었을 때 놀람·기쁨·만족감 따위를 큰 소리로 외침. 또는 그런 것. 그래 이거야 됐다 따위.

** 한용운 시「알 수 없어요」에서.

몽타주
— 세 相 읽기

　세상은 세 相*이다 과거와 현재와 미래가 과거도 현재
도 미래도 아닌 상태로 나를 데리고 놀고 있다 내가 데리
고 놀고 있다고 착각하지만 종종 착각은 현실이 될 때도
있다 내가 데리고 노는 현재 내가 데리고 노는 미래 얼마
나 멋진 일인가 신이 아닌 내가 데려오는 과거의 몽타주
어제의 친구에게 선물로 받은 엘피판 레코드와 꼬리가 긴
유행가 파도타기 하듯 가사 위를 걸어가는 바늘, 엘피판
검은 원 어딘가에서 나를 기다리는 말 안경을 벗는다 (시
력과 관계없이 불편을 벗었을 뿐이다) 말 한마디를 만나
기 위해 안경처럼 쓰고 있던 기억 벗으면 나는 먼 곳이 선
명한 노안老眼, 찾아가는 게 아니라 도착하면 되는 여정의
먼 곳 가깝다 잠자리의 겹눈처럼 여러 개여도 하나인 세
相, 보호색 옷을 입고 위장僞裝해 숨어 있다가 나타나는
카멜레온, 하나의 코드 속으로 들어가 억겁의 모양으로
걸어 나오는 오늘, 나는 세 相을 썼다 지웠다 반복하며 하
루를 보내는 중이다 세상에게 내가 사는 이유를 답하는
중이다

　* 相 : 불교에서 '니미타'의 의미로 '모습과 표상, 개념' 의미로 사용.

몽타주
— 반죽으로 놀기

잠자던 가슴이 일어나 커튼을 열어젖힌다 잠을 깨고 햇빛과 함께 있어야지 햇빛이여 잠의 문을 열고 가슴에 들어오라 남의 것처럼 사용하던 시간 빚어 놓은 대로 쌓여 있는 빛 어둠을 더 많이 써서 딱딱하게 굳어 있는 기억이여 이제 햇빛으로 녹여 아주 말랑말랑한 빵을 만들어 애인과 함께 먹어야지 애인은 알지 내 속의 어떤 음악이 함께 먹을 빵을 부풀어 오르게 하는지 눅눅하게 가라앉아 있던 하루하루를 행복했던 추억들이 말랑말랑하게 하는 동안 그림을 그리며 애인을 부르러 가야지 고향 산천의 꽃들과 향기 조팝나무 꽃그늘에 앉아 보는 하늘의 달 가슴 뛰는 이 아름다운 반죽 주체할 수 없이 부풀어 오르는 향기 오래도록 주무르고 놀다 보면 애인은 그림 속에서 나에게 오고 떠나갔던 시간이 말랑말랑해지는 유희

몽타주
─ 이면裏面

책상 위에 놓인 메모지 앞면에서 뒷면으로 가기 위해 지나야 하는 무한 공간

견고한 문장의 말뚝 점 하나 뽑아낼 때 순간 이동해 달의 뒷면으로 가는 길, 무엇 때문에 갈 필요가 있냐고 묻지 않는, 세월 홍수로 길 끊긴 편지길, 당연히 있는 사후지만 궁금하다고 함부로 갈 수도 없는 길

그냥 획 뒤집기만 하면 해결되지만 아주 잠깐

비유의 팔짱을 끼고 생각해 보는 천 길 낭떠러지

몽타주
― 사유思惟의 톱밥

굴러가는 눈덩이 불어나듯 자꾸 붙고 또 붙어 원래 의미는 어디로 가 버리고 새로 생겨난 눈사람 같은 말 가시可視 범위에서 사라져 관심에서 버려지는 순간 재빨리 옆에 있던 찹쌀떡 하나를 입에 넣고 체해 생긴 말 무엇을 닮아 있는 이유 다시 태어나기 위해 톱질이 뱉어내는 나무의 하얀 속살은 버려지는 순간 밥을 닮아 톱밥, 판에 글자를 넣어 문장을 만들며 그게 살아서 세상을 훨훨 돌아다니길 바라 활자活字, 집안의 씨앗子은 우주의 부호 글-字 그러니 詩여 나의 아들들이여 너희들은 다시 태어나기 위해 세상에 버려져야 한다 버려지는 순간 다시 태어나기 위한 말의 사원寺院, 나를 타고 쏟아져 내린 말들은 세상의 무엇을 닮아 신을 뒤로하고 사람에게 가는 중

몽타주
— 겨울 아침 선물

성에 낀 유리창에 입김 불어 창밖 풍경 본 구멍 다시 하
얀 풀숲으로 닫혀 버린 국문과 강의실

눈서리꽃 반짝이는 한 그루 추억에서 아침 햇살 걸려
온 전화

몽타주
— 머리 감는 사람

살며 머릴 숙여야 하는 순간 매일 벽 저 너머를 향해 머리를 숙이며 허리를 기역자로 굽혀 오늘도 게으르고 추하지 않길, 하얗게 빛바래 늘어 가는 흰머리 어쩔 수 없어도 세상의 먼지를 머리로 받아 옮기며 비듬 우수수 떨어지는 권태가 아니길, 아침마다 스스로 자신에게 내리는 수돗물 세례처럼 혼미한 정신으로 어제의 내일에게 붙잡혀 있지 않길, 샤워기 끝에까지 와 대기하던 물이 샴푸 거품과 함께 씻어 내는 시간 머리 풀어 내린 수양버들 잘 빗겨진 공기들의 머리카락 향기 데리고 어떤 샴푸를 사야 하지 무얼 먹어야 하지 걱정하지 않길 머리숱은 줄고 대칭을 잃어 가는 얼굴 위로 흘러내린 비대칭 다스리는 아주 사소한 자유 그러나 실은 아무 생각도 없이 벽에다 인사를 하지 그저 벽에다

몽타주
— 열쇠 구멍 엿보기

버려진 집 대문 열쇠 구멍으로 보이는 방안 낡은 의자 위에 앉아 있는 뽀안 먼지 반짝이도록 쓸고 닦고 앉아 있었을 집주인 여자와 터진 가죽을 뚫고 싹을 틔웠다가 고사枯死한 풀 집주인이 두고 떠난 의자 위 버려진 시간 바이러스 옮겨 오는 집의 내력 엿보다 시들어 버린 추억처럼 뿌리를 내리다가 잎이 말라 버린 풍경, 수많은 자물통이 열쇠를 잃어버린 채 매달려 있는 집의 내면內面

몽타주
— 마음 사전 명명법命名法

어디만큼 가서 쓸쓸히 있었니 지남철指南鐵에 끌려오는 쇳가루처럼 흩어진 기억 모아 복원復元되는 산을 그리움이라 부르자 먼 데서 번져 오는 산비탈 지천인 덩굴딸기는 그리움의 허기를 채워 줄 양식糧食이라 부르자 두고 온 엄니 생각에 담아 간 산딸기 다 물러져 안타까움인데 아직까지 남아 있을지도 모르는 징검다리 외발뛰기로 건널 때 냇물에 떨어뜨린 건 흐르고 흘러 산 그림자 속 반달 그냥 추억이라 부르자니 따라오는 슬픔 같은 거 아름다운 무늬 접었다 펴며 쌍꼬리부전나비도 날아오네

몽타주
— 자전字典에서 나방 찾기

미인 눈썹과 나방과 초승달이 함께 있는 초현실주의 자궁字宮, 호명呼名 기다려 잠을 자다 새벽 초승달 뜰 때 매달려 있던 구름 고치에서 나와, 짝을 찾아 날갯짓을 시작하는 누에나방蛾*

아! 주변에 모여 사는 마을衙 벙어리啞 갈까마귀鴉 거위鵝 갑자기俄 아氏 집성촌 울려 퍼진 메아리 문득 본 나我

나방과 눈썹과 초승달이 함께 있는 곳까지 가는 시간여행 겨울의 거울 앞에서 만난 아! 이름들 고치 집 속 잠들어 있다 깨어나면 나도 거기 있어야 할 것 같은 초승달 마을

유산流産 후 피 흘리는 나체로 침대에 누워 탯줄에 묶어 붙잡고 있던 '부숴진 척추, 남자아이, 달팽이, 금속기계, 난초꽃, 골반' 프리다 칼로의 자화상** 속 아주 먼 듯 가까운 자궁字宮 속의 아

탈바꿈 기다리는 누에들의 전언傳言을 듣는 밤 세 가지 의미어意味語

64

* 자전字典에 아蛾는 나방, 미인의 눈썹, 초승달의 여러 의미. 나방은 알칼리성 액체를 토하여 고치를 녹여 구멍을 내고 고치 밖으로 나오는데, 나방이 고치를 뚫고 나오는 시각은 초승달이 뜨는 동틀 무렵부터 아침 사이라 한다. 초승달은 미인의 눈썹을 닮았다.

** 멕시코의 초현실주의 화가 프리다 칼로의 자화상 〈떠 있는 침대〉 그림. 그녀는 교통사고로 인한 신체적 불편과 남편의 문란한 사생활에서 오는 정신적 고통을 극복하고 삶에 대한 강한 의지를 작품으로 승화시킨 초현실주의풍 작품을 그렸지만 자신은 초현실주의자로 불리길 원치 않았다 한다.

주사위 놀이

원하는 숫자가 나오지 않아도 나온 숫자만큼 앞으로
가야 하는 불변의 규칙을 지나가며

무심에 울음과 웃음이 놀러 온 것인지 울음에 잠깐씩
웃음이 놀러 온 것인지 짧은 웃음에 긴 울음이 표정을 숨
기고 있는 것인지

주사위가 뒹굴다 멈춘 바닥에서 확인하는 건 우리 모두
출발한 집으로 가고 있다는 것

몽타주
— 선물

달이 뜨고 달이 지고 베란다 화분의 엔젤꽃이 폈다가 지고 먼 이곳까지 파도 소리 다녀가고 일어나 돌아다니는 손과 발의 조화 오늘 식탁엔 감자미역국을 올려야지 이상은의 〈삶은 여행〉 노래를 듣다 잠들어야지 오래오래 딸아이가 보내온 구두 선물 생각하다

곱씹고 있는 '이젠 나에게 없는 걸 아쉬워하기보다 있는 것들을 안으리'*

* 이상은 노래 〈삶은 여행〉 가사 일부.

몽타주
── 수석壽石, 그 물빛 약속

돌들의 시간을 건너느라 돌들은 구르고 부딪고 엎드려 울고 얼마나 기다렸을까 태어나 별이었을 때부터 햇빛과 비와 바람으로 스스로를 완성한 지금까지

한 뼘 사이라도 벽이 있다면 천 리, 바다 건너라도 마음 닿으면 눈앞, 서로 자리 옮겨가며 만난 긴 이야기 강물 따라 흘러가다 꿈꾸는 만남은 시인 되고 조각가 되고 이야기꾼 되어

생명수 선명해지는 이야기 구멍 뚫린 세월 저편에서 달을 이고 찾아오는 여인 잠만 자는 천년 살을 에는 추위 천년 꿈마저 타버리는 땡볕 천년

몽타주
― 사이렌*

   귀를 막고 들어라 눈을 감고 보아라 반인반수半人半獸 사이렌의 아름다운 노래를 들으려면 도망쳐라

   편견과 통념의 유혹을 벗어 던지고 알몸이 되라 하늘이 내려오는 호수에 안개가 덮이거든 난파된 뱃사람들의 뱃노래가 들리거든

   안개를 헤치고 노를 저어라 위험한 언덕을 향해 즐거이 가라 진실은 거기에 있다 태초 어둠의 바닥에 닿는 두려움이 죽음이다

   사람과 새들이 하나로 사는 마을 마음으로 열고 들어가라

   사이렌의 노래를 듣고 싶은 유혹에서 도망쳐라 내 귀에 끝없이 소리치는 유혹에서 도망쳐라

* 그리스 신화에 나오는 마녀의 이름. 신체의 반은 새이고 반은 사람인 사이렌은 아름다운 노랫소리로 뱃사람들을 유혹하여 난파시켰다고 한다. 현대에선 일정한 음높이의 소리로 위험을 알려주는 경보장치의 의미.

몽타주
— 도착한 빛

　참새가 드나들 정도로 열린 문 안 탈피 중인 어둠 아무도 보아주지 않는 책 표지 뒤 혼자만 아는 비밀 표식 딱따구리에게 납치되었다가 지상으로 돌아온 도토리 몇 년째 빈 깡통 속 시간 무늬 어른거리는 아침

　꼬리 부러진 공룡 장난감, 강아지에게 옷을 입혀 노는 아이 갈라진 바위 귓속으로 흐르는 문장 발자국 없이 걸어가는 아침 종소리 발자국에 덮인 첫눈

은유로 나는 고추잠자리

  산의 주머니에서 날아오는 고추잠자리 부들 위에 앉아
듣다간 연못 깊은 고요 너울너울 동심원의 물이랑 건너
그리움의 중심에 들어갔다 왔을까 빨간 한 일자에 날개를
달아 길섶 망초꽃 무리 위에서 가을볕 듣다 하늘로 사라
진 고추잠자리 천연기념물이 돼 버린 그리움의 저편

원단元旦

설날 아침 소담스럽게 날리는 눈발 내려오다 올라가고 올라가다 다시 시야 밖으로 건너가는 눈송이들 하나하나를 그렇게 놓치고 만나는 설원처럼 이제껏 놓치고 온 수많은 날이 하얗게 지워져도 좋을 아침 어깨에 쌓인 눈을 털 듯 시행착오 발걸음들 툭툭 털고 아무렇지도 않게 리셋되는 게임 속을, 하루쯤은 걸어가도 좋을 설원의 아침 고갈된 샘에 다시 물 고이듯 맑아지는 시작始作 아침을 설계한 이에게 가듯

몽타주
— 연기緣起

깨끗이 닦아 놓아도 자꾸 지문이 찍히는 안경알 자꾸
흐려 보이는 세상 종일 발자국을 만들었다 지우는 파도
먼저 도착해 있던 발자국 하나 데려가는 세월

그리 가려면 오지나 말지 놓쳐 버린 풍선처럼 떠나간
이름들은 모두 하늘에 있을 거라고 빛바래 놓여나는 기억

얽히고설킨 전선들처럼 다른 데로 비껴간 구애求愛의
신호 먼 곳으로 날아가 버린 새처럼 만날 기약조차 없는

아무리 닦아도 계속 남아 있는 안경의 실금 하나

4부

市에서 詩까지 걸어가기

푸른 하늘 은하수 하얀 쪽배

요청하지 않아도 찾아오는 꽃과 나비들 요청하지 않아도 날아오는 세금고지서 요청하지 않아도 찾아오는 휴대폰 광고 잘라 버려도 매일 길도 잃지 않는 식욕 갑자기 내리는 소나기 같은 백발은 아니었는데

여기쯤이었다고 까치 소리 요란하던 어느 가을 요청해도 오시지 않던 아버지 찾아오시고 초등학교 졸업식 날 짜장면집

요청하지 않아도 찾아온 자명종 소리에 그냥 헤어진 꿈 가슴 한쪽 텅 비어 가을로 가는 발걸음 '나 정말 행복할 수 있을까' 누이의 자취방 몰래 본 낙서

솜털구름 위에 푸릇푸릇 머리를 내민 무순들 사이 빨간색 안락의자*에 등 대고 앉아 뒤돌아보는 푸른 하늘 은하수 하얀 쪽배

* 이수동 화가의 '꿈' 그림.

이식移植

    춘천 생명의 숲 삼층 강의실 북쪽으로 뽑아놓은 굴뚝 구름 모락모락 피어오르는 퇴직 노인들의 수학修學 열기 눈이 매운 석유 난로 놓인 강의실 좁은 창 기웃기웃한 손해감정평가사 광고 문자 삭제하고 선택한 산림기능사 시험 고도로 숙련된 엔진 전문가의 전기톱 강의, 톱밥처럼 하얗게 쏟아져 쌓이는 오늘에서 먼 지식들 분해되어 책상에 놓인 양수기 모터의 엔진처럼 기능을 잃고 웃는, 기약 없는 약속이 걸어 오르는 삼층 계단 위, 드론처럼 예측 장소에 정확하게 안착하는 기능사 시험 포기抛棄, 후기後記는 올리지 않았다 강의실에서 챙겨 온 관계의 싹 옮겨심기, 어린나무는 광합성 에너지를 생산에 쓰고 노령목老齡木은 호흡에 쓴다 화분 흙처럼 꾹꾹 눌러 주고 계단을 내려와 온전한 백수로 이식移植-활착을 위한 중심 뿌리*는 아직 잘라내지 않았다

* 식물을 화분에 이식移植할 때 가운데 곧은 뿌리는 양분 흡수보다는 활착을 위한 뿌리여서 잘라내고 심기도 한다.

市에서 詩까지 걸어가기

市에서 詩 아닌 것의 구분까지 걸어가려면 어디쯤에서
음주 하차下車를 해야 할까 일과日課 끝 기다림 많은 사람
들 포차엔 살을 다 발라 먹고 쌓아 둔 골탑骨塔, 뿌연 김처
럼 서성이는 시간들 속에서 연신 유리창이 눈물을 보였다
취한다는 것과 잊는다는 것이 분리되지 않은 채 목으로
넘겨지고 텅 빈 소주병처럼 관심 밖으로 가 줄을 서는 내
일 우린 입안을 불 질러 버린 것처럼 맵고 싱거운 아무 말
이나 섞어 씹고 시시덕거리며 닭발 뼈를 뱉어 골탑을 쌓
았다 우리가 쌓아 올린 아무것도 아닌 탑들을 또 포차에
남겨 두고 나와 시도 정의도 아닌 매운 닭발 맛을 평하며
찬바람이 이끄는 대로 걸었다 말이 꼬여 다리가 휘청거렸
다 생물교실 실린더 속 닭 표본처럼 내장마다 꼬리표가
붙어 시험에 오르던 詩를 배우고 용케도 시인이 되었는데
이빨 사이에 낀 콩나물 같은 말 이젠 유튜브 보지 누가 시
집을 읽나 철길 옆 참새 아지트 숲 지나 붕어빵 파는 노인
에게서 거슬러 받은 농담 챙겨 집으로 가는 길 市에서 詩
까지 걸어가는 길

여름 건너기

에어컨 선풍기 없이 여름 하루 건너기 비 한 방울 없는 여름과 줄창 비 내리는 여름의 관계에 나무 심기 열병 앓고 있는 지구에게 에어컨 틀어 주기 힘들어 죽겠다는 말 세숫대야에 받아 놓고 얼굴 비춰 보기 이쯤에서 시든 꽃들 낮잠 깨우기

스스로 그러하다

앞서간 흔적 따라 오르는 산 어느 지점부턴 흔적이 끊기고 스마트폰 전파가 잡히지 않는다

문명에서 멀어져 잔소리도 계획도 먼 시나브로 산 풀과 나무들과 새들과 바람의 세상 아무것도 필요하지 않은 대화 조금만 더 가면 큰 산이 된 소나무 선사禪師의 대오송大悟頌 만날 듯도 하지만

거기까지 거기까지여야 한다고 산 아래 먼 집으로 가는 도시로 다잡아 하산을 한다

산은 산 너머에 가 보아야 할 하늘을 두고 골짜기를 품고 숲의 향기엔 거짓이 없다 고목에 붙은 꽃구름버섯처럼 일주일이면 다시 자라는 그리움 산

딱따구리는 부리로 나무를 파서 스스로 자기 집을 짓고 도라지는 바위 절벽 위에서도 스스로 꽃 피우는 법을 알고 다람쥐들은 학교에 가지 않아도 스스로 도토리를 주워 겨울 나는 법을 안다

몽타주
─ 꽃병이 있던 자리

　말이 빛났다 팍, 떨어지는 순간 파열음은 유리 파편처럼 연약한 가슴을 찢고 들어가 목 부러진 꽃들을 옮겨 놓는다 소리가 닿은 순간 겨울로 바뀌는 공간 변화 달궈진 금속판을 만진 듯 아린 이별이 날아들고 먼 데까지 튀어간 관계 회복 불가의 유리 파편 받아들이기까지 꽃병이 있던 자리는 깨지지 않았다 고스란히 꽃을 꽂은 채 있으려고 애쓰는 중이다 준비되지 않은 이별이 그렇게 찾아올 수 있다는 걸 왜 몰랐을까 꽃병이 안고 있던 물 꽃병에 의지하던 꽃들 거기 머물렀던 환희가 한순간 어긋났을 때 꽃병을 대신할 유리컵 같은, 말이 빛났다 추억을 심어 놓은 무덤가 철쭉처럼 그렇게 상처로 가꾼 꽃들의 詩처럼 아직 진행형인 삶에 꽃병이 있던

　누군가 아름답게 살다 간 자리

몽타주
— 냉장고 우는 소리

  밤 되면 움직이기 시작하는 소리들 맹꽁이 우는 소리 어둠 시계가 가는 소리 심장이 작은 생물들 이동하는 밤의 소리 멀리서 태양 빛 회수되어 가는 어둠 박쥐처럼 야행성이 되어 밤하늘 건너가는 울음 어둠을 더듬이로 찾아가는 소리의 종착지에서 기다리는, 식구들 몰래 밤중에 혼자 우시던 엄니처럼 낮게 우는 냉장고 소리, 문을 열었을 때 가득 채워져 있는 냉기 그리고 방을 나눠 들여 놓은 걱정들, 버릴 수 없어 쌓아 두었다 잊힌 양식들 품은 속앓이 내 속에도 버릴 수 없어 품고 있다 끝내 어둠의 편이 된 꿈 조각들 옆 코 고는 소리 이제야 듣게 되는 잠꼬대 울음, 엄니를 울게 한 밤들

몽타주
― 열 시의 변명變名

　오해였대 아무것도 아니었대 안개가 머물렀다 간 자리
였대 눈 아래 푸른 멍 자국 오전 열 시에 들어갔다가 오전
열 시에 나올 수 있는 길 위에서 안개는 그냥 기다림이었
대

　영원을 꿈꾼 사랑이 다리가 아파 잠시 쉬었다 간 자리
살다가 더 잘 살고 싶어 바꾸는 이름처럼 강물에서 몸 바
꾸는 구름 한 점처럼 기다려 주면 돌아오는 고양이가 사
랑이 아닐 수는 없는 거라구

　아이는 멍 자국 풀려 흐려져도 돌아오지 않고 돌부리에
걸려 넘어진 옛 상처가 이름 바꾸면 그리움으로 바뀌는
마법 그녀는 믿고 있는 게 틀림없어 열 시야 아니 열한 시
여도 돼 그냥 안아 주고 싶은 타인의 변명辨明 그녀

몽타주
— 1917* 혹은

죽지 말아요 눈 감지 말아요 휘날리는 애인의 금발처럼
계속 말을 해요 피로 얼룩진 세상에 뿌릴 한 줄기 빛 함
께 전해요 함정의 그물로 진격하는 어리석은 명령은 중단
되어야 해요 명령자는 자기가 뿌린 포탄에 맞지 않고 철
조망과 지뢰밭을 지나가지 않아요 제발 종전終戰의 과녁
으로 총열 속의 강선처럼 나를 안내해 줘요 양심과 인정
은 피 흘리고 야만과 폭압이 주인이 된 땅, 주인 잃은 개
가 지키는 집에선 저녁연기 대신 포연이 오르고 개미들처
럼 군인들로 가득 찬 참호 화약 냄새 지나가는 역사의 통
로에서 죽음 앞으로 돌격 명령, 들과 강을 건너는 가시철
조망 피비린내 점령지에서 기다리는 건 눈감지 못한, 아이
는 다리를 잃고 여동생은 눈을 잃고 형은 말을 잃었어요
친구 무너지고 불타 버린 지붕 위로 태양이 떠오를 때 썩
어 가는 시체 위에서 날아가는 까마귀 죽음을 찾아가는
시간들 춤추는 금빛 들판의 품 함께 식탁에 앉아 따스한
저녁을 먹던 잃어버린 가족 어디에서 찾아야 하나요 우는
어린아이 손에 쥐여 주는 깡통 비스킷 같은 전쟁의 명분
을 먹고 아이는 자라 군인이 되죠 어디까지 가야 전쟁은
멈출까요

* 샘 맨데스 감독의 전쟁 영화. 제1차 세계대전이 한창인 1917년, 독일군에 의해 모든 통신망이 파괴된 상황 속에서 영국군 병사 '스코필드'와 '블레이크'에게 함정에 빠진 영국군 수장 '매켄지' 중령에게 '에린무어' 장군의 공격 중지 명령을 전하는 미션이 주어지고 둘은 전쟁터 한복판을 가로지르며 사투를 이어가는 영화, 전쟁의 비참함과 의미를 묻는 영화.

몽타주
― 고바우 영감*

손에서 호두알 굴리듯 놓치고 싶지 않은 이름

잰걸음 지나갔다가 다시 돌아와 보는 길가의 꽃 뭐였드라 뭐였드라 그래 노루귀 바람꽃처럼 예쁜 이름 아니어도 그리워지는 이름

고바우 영감

권력의 입김 막는 결계를 쳐 놓고 한 올 있는 머리카락 안테나 세우고 돋보기안경 쓰고 펜촉으로 그리는 삼일절 경축사 시사만화 네 컷

자유를 강조하며 반민특위를 해산시키던 사람 한 컷, 한일외교 정상화를 외치던 사람 한 컷, 일본의 독도 야욕 묵인하고 핵폐수 바다 방류 찬성하던 한 컷

마지막으로 채플린의 '위대한 독재자' 연설 '언론 자유는 개뿔'**을 타투처럼 ctrl v로 붙여넣기

역사에 지워지지 않는, 채플린 친구 고바우 영감 당신
이 그렸을 자유 · 인권 · 법치 · 평등

* 시사만화가 김성환 작가가 1955년부터 2000년까지 연재한 4컷짜리 시사 풍자만화. 정치사회를 풍자하는 내용 때문에 여러 번 잡혀가거나 벌금을 내는 등 제재를 받기도 했다고.

** 채플린의 영화 〈위대한 독재자〉의 독재자 힌켈의 연설 내용. 채플린이 히틀러의 연설 필름을 보고 만들었는데 강한 억양과 사투리를 마구 섞어 이상한 독일어 단어를 조합해 알아들을 수 없도록 발음했다고 한다. free Spreken Schtonk(언론 자유는 개뿔), tighten die belten(허리 띠를 조이자) 등.

몽타주
― 유기농 환상

농약을 쓰지 않고 농사짓는 게 얼마나 어려운지 알기나 하냐 약 치듯 염소 시인 친구가 말했다 농사 자체가 힘든 거라는 답을 혼자 구겨 주머니에 넣었다

염소를 길러 염소 똥을 화학비료나 농약을 대신하는 염소 시인 이웃에 다니며 옥수수 대궁을 모아 오고 갈대를 베어 올 때 가져온 이야기, 곱슬머리인 머릿속으로 들어가 발효되며 환골탈태 각색되는

그의 유기농 시엔 지렁이가 굴을 만들며 돌아다니고 논바닥의 우렁이가 지나간 발자국 그림이 나올 것 같지만 컹컹컹 우는 이상한 새가 산다

온갖 중독을 거부하는 중독에 걸린 농사꾼 시인의 시에서 나는 매애애 울지 않고 히히거리며 세상을 웃는 염소를 본다

구름을 건너는 산책

아내와 집 뒤 애막골산으로 산책을 나갔습니다 함께한 애증의 세월처럼 길은 굽이쳐 산을 오르고 가끔씩 출처를 알 수 없는 향기를 만나 주변을 둘러보면 꽃은 보이지 않는데 돌보지 않은 무덤이 엎드려 햇볕을 쪼이고 있었습니다 나무들은 길옆으로 비껴 서서 그늘을 드리우고, 모자를 눌러 쓰고 두건으로 얼굴을 가린 사람들이 눈만 내놓고 맨발로 지나갔습니다 작은 공터엔 누군가 걸어 놓고 간 거울이 구름을 붙잡고 대화 중이었고 소나무에 걸린 벽시계는 바람이 지나가는 산중의 시간을 재고 있었습니다 나무 벤치 아래엔 맨발로 돌아오는 주인을 기다리는 신발이 항해를 기다리며 정박해 있고 큰 용이 산다는 대룡산 근처까지 가는 동안 우린 세 개의 구름다리를 지나갔습니다 다리 밑으론 굉음을 내며 차들이 빠르게 지나고 우린 함께한 추억을 지나듯 천천히 걸어서 지나갔습니다 정말 구름을 건너온 걸까요 연록의 나뭇잎도 새소리도 싱싱해 팔을 벌리고 바람을 안으며 우린 활짝 웃었습니다

몽타주
─ 입춘방*

인생 2막의 시작 상징을 무겁게 업고 나는 퇴직을 했다
새집을 꿈꿨다

지나던 날씨가 고개를 갸우뚱한다 왜 이렇게 추워 출입
문을 열며 방문객이 묻는다 정지 상태의 구름은 대답 대
신 출발한다 날짜는 스마트폰 화면에 떠 있다

立春大吉 문 열릴 때 날아들어 온 낙엽 하나 밟히는 소
리, 출생지에서 멀리까지 가지고 온 완고完固한 형상의 흩
어짐

모두가 입춘방 앞을 지나고 있다 조심조심 눈 가린 술
래 옆을 지날 때처럼 조바심을 내고 초조해하며 키득거리
며 상징의 문을 열고 나온다

하루 정도는 따스한 소망 하나 품어 간직하는 거 건양
다경建陽多慶 어려운 한자어보다 쉽고 직접적인 기원祈願
문구 없을까

로또 당첨 네 글자 추천하는 농담 같은 진담

* 춘축春祝, 입춘첩立春帖이라고도 하며 입춘에 대문이나 대들보 · 천장 등에
입춘대길入春大吉 · 건양다경建陽多慶 등 좋은 뜻의 글귀를 써서 붙이는 것.

몽타주
― 분노 충전 중

전조등 켠 자동차들 집 나갔던 물고기들처럼 하나둘 돌아오는 아파트 지하주차장 앓는 소리를 내는 엔진들이 한 방향으로 머리를 두고 멈춰 선다

차 문을 열고 무심無心을 걷듯 형광등 불빛 따라 걸어가 승강기 좁은 통로로 빨려 올라가는 늦은 귀가

밤늦도록 돌아오지 않는 아들 같은 평상심, 어디를 어디까지 갔었던 것일까

먹구름 근처 입 큰 쏘가리 만나 식겁하고 쫓기다 돌아온 기억 끄고 잠이 들 시각 어린 물고기도

아직 밤은 진행 중이지 속도의 여행에서 놓친 오늘이 보름달로 차오를 때 레테*의 강에서 한 모금 물로 씻고 가야 하는 번뇌를 굳이 충전해 분노 수위가 올라가는 밤

사람들은 얼마나 더 사악해져야 잘못을 뉘우치는 것일까 TV 중계 인사청문회를 끄고 오늘을 닫는다

* 레테Lethe는 그리스 신화 속 망각의 여신이자 강. 망자는 하데스가 지배하는 명계冥界로 가면서 저승의 강을 건너야 하는데 이때 레테의 강물을 한 모금씩 마시면 망자는 과거의 모든 기억을 깨끗이 지우고 전생의 번뇌를 잊게 된다.

숫자점 잇기 그림

숫자점만 따라가다 보면 토끼도 사슴도 나타났었지

궁금했네 살아진 날, 사라진 날들의 기억 무늬 점들 따라가면 완성될 그림

출발점은 검정고무신 꺾어 만든 장난감차 시간 사냥꾼으로부터 지켜 준 토끼가 사는 마을

대청마루 기둥에 달아 놓은 라디오 스피커를 통해 듣던 음성 드라마 〈하얀 그림자〉 주인공 뜨내기 친구네 우물 구름 속으로 사라진 붕어 장맛비와 함께 떨어져 마당을 돌아다니던 미꾸라지 화장실 갈 때 눈이 마주치곤 하던 생쥐 마루 밑 숨겨 놓은 딱지 보물 상자

엿이나 강정이 숨겨진 어둡고 맛있는 다락 마당 가 까만 가마솥 뚜껑 속 마술 칼국수 감자범벅 삶은 옥수수 불길 집어삼키고 연기를 토하던 아궁이 수시로 타오르던 젊은 날의 울분 서울로 돈 벌러 간 누이들 대추나무 위 왕거미 집에 걸린 보름달 학교 뒷마당 연분홍 접시꽃 고백에

앉아 있던 고추잠자리

처음으로 마장동 시외버스터미널에서 걸었던 공중전화
누이 목소리 어디 가지 말고 거기 그대로 있어

홀쩍 건너뛰어 耳順인데

어제의 매듭 하나씩 이어가던 어느 지점부턴 알고 있었
지 정체 모를 끈들로 이어진 기억 꼬치에서 하나씩 빼 먹
던 유년의 곶감 이웃 점쟁이 할머니에게서 어머니가 듣고
온 내일의 내일 무엇이든 붙잡고 버틴 희망

오늘 끊어진 말실 꿰다 알고 있었지 자고 나면 달라지
는 추억 무늬 잇다 종국엔 백지 그림 되리란 걸

엘리베이터 거울

　걸어서 병원까지 갔죠 누가 누굴 고칠 수 있기 위해선 먼저 잘못에 대한 동의가 필요합니다 아픕니다 잘못 산 건 아니지만

　도착했습니다 병원 엘리베이터 나보다 먼저 높은 곳에 오르기 위한 누군가의 호출에 편승하고 우린 제한 공간에 갇혀 상승을 의심하지 않아요 좁은 공간에 처음 보는 남녀가 갇혀 있다는 느낌의 정적이 상승 중이에요 그러다가 믿음은 예기치 않은 벽에 갇혀 구조요청을 하기도 하죠 여보세요 거기 아무도 없어요? 여기 사람이 갇혔어요 그런 상상에 갇혀 본 적 있으세요?

　살면서 광고가 붙은 거울 뒤까지 생각할 필요는 없겠지만 어두운 얼굴은 자꾸 뒤가 의심스럽죠 이상한가요? 늘 거울은 너무 좁아요 뒤를 볼 수가 없죠 목적지를 모르는 남녀가 함께 있긴 더욱 그렇죠 나는 거울 속에 들어가 거울 밖으로 나가 안 보이는 여자의 손에 무엇이 있을지 상상해요 여자는 내 얼굴 뒤에서 거울 속 눈 화장을 해요 그냥 거울엔 치유가 필요한 두 사람이 누군가를 만나러 같

은 고도高度로 가고 있지만

　의심이 믿음보다 견고한 것이 늘 문제죠 수직 상승의
꿈은 견고하지만 위험한 밧줄에 매달려 운행됩니다 밧줄
이 항상 무게를 이길 수는 없어요 잘못이 허용될 수 없는
단추를 너무 믿지 마세요 거울 속의 내가 나라는 당연한
착각을 열고 나가면 찾던 문밖까지 왔군요 반짝이는 텅
빈 고요 더 높은 곳이 아니라는 건 분명해요

　엘리베이터를 타고 오를 수 있는 높이는 한계가 있죠
말이 또 그렇다는 걸 사람들은 잊어요 방금 한 말이 사실
이 아닐 수 있다는 걸 잊는 환자죠 아픈 곳을 숨기고 약이
필요한 궤도를 오늘도 왕복했군요

몽타주
— 날개 이야기의 날개를 달아 줘

아주 먼 옛날 겨드랑이에 날개 돋친 아기장수, 날개가 달려 궁궐 담 넘어간 얘기, 왕권에 영합한 무리 입에서 아장아장 아기장수는 죽어 반체제 상징의 날개 어쩌면 아버지의 할아버지에서 시작되는 얘기

사람은 날개가 없으니 당연히 날 수 없다는 생각 위로 날아다녔던 아톰, 독수리 오형제의 집에 사는 거 저녁 식사하는 친구네 식구들 눈치 보지 않고 만화영화를 즐기는 순진함 얼마나 흘렀을까

오월은 푸르구나 체육대회 날 높은 하늘에서 패러글라이더 타고 붉은 연막 뿌리며 가볍게 운동장에 착륙 시범 보이던 선생님, 선망의 대상이었던 동료 교사 두 분은 날개 없이 모두 하늘 저편으로 가셨지 사인死因은 추락이 아니었어

가끔 날개 없이 하늘을 유영遊泳하는 꿈을 꿔 둥둥 기분 좋게 떠다니다 꿈을 깨면 전생부터 나는 날개 없이 날아다니는 시인, 비행기도 미사일도 독수리도 갈 수 없는 하

늘로 원하는 대로 둥둥

　날개 이야기의 날개가 달린다면 시간의 담을 넘을 수
있지

역할극役割劇

빛은 고슴도치 사는 집에도 찾아오네 고슴도치는 귀뚜라미를 먹고 가시를 키우고 아이는 용돈 모아 산 사료를 주고 애정을 키우지 서로 무얼 먹고 무얼 만들고 고슴도치가 뿔뿔거리며 집 안을 돌아다니는 동안 아이는 숙제 관찰일기를 쓰고 빛은 제 할 일 다했다고 슬며시 가 버리네

나는 독자에게 묻네 우린 서로 무얼 주고 무얼 받고 무얼 키우나 역할극 대본은 언제 돌려주고 새 역할을 받나

파편화된 세계를 대하는 미적 방식

오민석

(문학평론가·단국대 명예교수)

1

프레드릭 제임슨F. Jameson은 "문체가 곧 세계관"이라고 하였다. 문체는 세계와 대면하고 세계를 표현하기 위해 작가가 선택하는 기호sign들의 총계이다. 그것은 선택과 동시에 그것을 선택한 작가만의 고유한 방식으로 다시 배열된다. 이 배열 역시 선택과 배제의 과정을 겪는다. 세계의 모든 것을 한꺼번에 이야기할 수 없고, 모든 기호를 동시에 사용하여 모든 배열을 동원할 수 없으므로 작가들은 선택과 배제의 중층적 과정을 겪는다. 그리고 이를 통하여 작가의 세계관이 드러난다. 이렇게 보면, 기법 역시 마찬가지다. 기법은 표현의 기술이면서 동시에 세계관의 표현이라는 양면성을 갖는다. 가령 '의식의 흐름' 기법을 사용하는 작가는 인간의 내면세계에 깊은 관심을 갖고 있을 확률이 높다. 선형적 내러티브를 회피하거나 파괴하는 작가는 목적론적 역사관을 신뢰하지 않을 가능성이 높다.

유태안은 이 시집에서 몽타주 기법을 과감히 선택한다. 그가 몽타주를 지배적인 장치로 선택할 때 자동으로 배제되거나 해체되는 것들이 있는데, 그것들은 가령 의미의 통일성, 구조적 동질성, 의식/무의식의 이분법, 시간의 선형적 흐름, 논리적 담론 같은 것들이다. 그는 세계의 통일성을 신뢰하지 않는다. 그는 동일성의 기획을 의심한다. 그가 볼 때, 세계는 이질적이며 모순적인 것들의 섞임과 흩뿌려짐으로 이루어져 있다. 그 어떤 거대 담론도 이질적인 것들로 이루어진 이어체異語體, heteroglot를 동일성의 시스템으로 통분할 수 없다. 세계는 순결한 동일성의 시선에 얼룩진 혼종성hybridity으로 대답한다. 의미의 통일성으로 세계를 가두려 할 때, 세계는 폭발하는 다양성으로 응수한다. 의식의 명령이 있는 곳엔 항상 무의식의 저항이 있다. 세계는 프로크루스테스의 침대에서도 자유자재로 팽창하거나 축소하는 몸이다. 몽타주는 이렇게 로고스와 시스템을 거부하는 미적 기법이자 정치적 행위이다.

미인 눈썹과 나방과 초승달이 함께 있는 초현실주의 자궁字宮, 호명呼名 기다려 잠을 자다 새벽 초승달 뜰 때 매달려 있던

구름 고치에서 나와, 짝을 찾아 날갯짓을 시작하는 누에나방蛾

　아! 주변에 모여 사는 마을街 벙어리啞 갈까마귀鴉 거위鵝 갑자기俄 아氏 집성촌 울려 퍼진 메아리 문득 본 나我

　나방과 눈썹과 초승달이 함께 있는 곳까지 가는 시간여행 겨울의 거울 앞에서 만난 아! 이름들 고치 집 속 잠들어 있다 깨어나면 나도 거기 있어야 할 것 같은 초승달 마을

　유산流産 후 피 흘리는 나체로 침대에 누워 탯줄에 묶어 붙잡고 있던 '부숴진 척추, 남자아이, 달팽이, 금속기계, 난초꽃, 골반' 프리다 칼로의 자화상 속 아주 먼 듯 가까운 자궁子宮 속의 아

　탈바꿈 기다리는 누에들의 전언傳言을 듣는 밤 세 가지 의미어意味語
　　―「몽타주―자전字典에서 나방 찾기」전문

　이 시는 꿈과 말놀이와 상상력의 자유로운 배열을 통해 무한히 확장되는 혼종성의 세계를 보여준다. "마을街 벙어리啞 갈까마귀鴉 거위鵝 갑자기俄 아氏"는 하나의 기표인 '아'가 이루는 기의들의 "집성촌"이다. 이들은 동일한 음성 이미지sound image로 표시된다는 것 외에 아무런 공통점을 갖고 있지 않다. '아'라는 음성 이미지는 무한대

의 기의를 갖고 있지만, 그 어떤 기의도 그것을 독점할 수 없다. 기표와 기의는 서로 다른 층위에서 끊임없이 유동하다가 우연히 만나 일시적으로 하나의 기호를 이룰 뿐, 이들 사이엔 아무런 필연성이 없다. 이런 점에서 소쉬르F. de Saussure는 기표와 기의 사이의 관계를 '자의적arbitrary'이라 했다. 상징계에 진입한 이후엔 그 누구도 언어 외적 현실을 가정할 수 없으므로, 그리고 세계는 언어적으로 구성되어 있으므로, 세계는 무수한 기의 밑에서 끊임없이 미끄러지는 기표들의 홍수로 이루어져 있다고 가정해도 된다. 그러니 누가 "미인 눈썹과 나방과 초승달이 함께 있는" "자궁"을 가정한다고 해서 그것을 말도 안 되는 일이라 비난할 수 있겠는가. 시인은 이런 세계를 "초현실주의 자궁"이라 부르지만, 사실 이것은 지극히 현실적이고 실제적인 '자궁'이기도 하다. '자궁'이라는 기표는 언제든 무한대의 기의와 연결될 수 있으며, "미인 눈썹과 나방과 초승달"은 그런 기호들 중의 극히 일부일 뿐이다. 그러므로 시인의 "겨울의 거울"은 언제든지 '거울의 겨울'이 될 수도 있고, "시간여행"은 과거→현재→미래의 궤도를 이탈할 수 있다. 아니나 다를까. "자전에서 나방"을 찾으며 기표/기의들의 무한한 혼종적 흐름에 동참한 화자는 '자궁'의 음성 이미지를 통하며 멕시코의 화가 프리다 칼로를 떠올린다. 기호 지배의 세계에서 이런 상상력은 전혀 엉뚱한 일이 아니다. 그녀는 폭력적 마초 남편인 디에고 리베라에게 철저하게 훼손당한 자신의 여성성("자궁")을 충격적인 이미지들을 동원해 화폭에 옮김으로써 남편에게 절대 뒤지지 않는 미적 성취를 이루었다. '프리다 칼로'라는 "아주 먼 듯 가까운 자궁"엔 "부숴진 척추, 남자아이, 달팽이, 금속기계, 난초꽃, 골반" 같은 이질적인 기의들이 한꺼번에 들어가 있다. 그것들은 숨죽이고 있는 포로들이 아니라 제멋대로 움직이는 정동affect들이다. 시인은 이렇게 몽타주 기법을 통하며 대문자 아버지의 법칙 Father's Law를 조롱하고 파편화한다. 시스템은 그 어떤 '자궁'도 단일성과 동일성의 노예로 만들지 못한다. '자궁'은 무수한 기의들로 분열하며 의미의 통일성을 비웃는다. 자궁은 모순-언어의 산실이다.

2

몽타주는 늘 시스템의 그물을 빠져나가 시스템을 무력화한다. 시스템이 의식의 언어라면, 몽타주는 무의식의 언어이고, 시스템이 정주定住의 언어라면, 몽타주는 유목민의 언어이며, 시스템이 이성의 언어라면 몽타주는 욕망의 언어이다. 시스템이 모든 것들을 영토화한다면, 몽타주는 탈영토화한다. 몽타주는 무의식과 욕망과 궤도를 따라 끊임없이 탈영토화하는 유목민의 언어이다.

아주 먼 옛날 겨드랑이에 날개 돋친 아기장수, 날개가 달려 궁궐 담 넘어간 얘기, 왕권에 영합한 무리 입에서 아장아장 아기장수는 죽어 반체제 상징의 날개 어쩌면 아버지의 할아버지에서 시작되는 얘기

　　사람은 날개가 없으니 당연히 날 수 없다는 생각 위로 날아다녔던 아톰, 독수리 오형제의 집에 사는 거 저녁 식사하는 친구네 식구들 눈치 보지 않고 만화영화를 즐기는 순진함 얼마나 흘렀을까

　　오월은 푸르구나 체육대회 날 높은 하늘에서 패러글라이더 타고 붉은 연막 뿌리며 가볍게 운동장에 착륙 시범 보이던 선생님, 선망의 대상이었던 동료 교사 두 분은 날개 없이 모두 하늘 저편으로 가셨지 사인死因은 추락이 아니었어

　　가끔 날개 없이 하늘을 유영遊泳하는 꿈을 꿔 둥둥 기분 좋게 떠다니다 꿈을 깨면 전생부터 나는 날개 없이 날아다니는 시인, 비행기도 미사일도 독수리도 갈 수 없는 하늘로 원하는 대로 둥둥

　날개 이야기의 날개가 달린다면 시간의 담을 넘을 수 있지
　　―「몽타주─날개 이야기의 날개를 달아 줘」 전문

106

이 시에선 설화와 만화와 실화가 뒤섞인다. 이런 뒤섞임을 가능하게 하는 것은 "꿈"이다. 몽타주는 이렇듯 꿈의 언어이고, 무의식의 언어이며, 욕망의 언어이다. 몽타주는 꿈처럼 현실과 기억을 섞고, 일어난 일과 일어나지 않은 일을 뒤섞는다. "날개"는 이 뒤섞음의 표식이고 방향이고 에너지이다. '날개'라는 기표는 무의식의 언어를 통하며 현재와 과거와 미래를 한 자리에 섞고, 다른 장르들과 세계들을 뒤섞는다. 그것은 "반체제"의 상징이었다가, 만화의 주인공이었다가, 비행기나 미사일 혹은 패러글라이더나 독수리와 같은 실물이었다가, 이 모든 것을 상상하는 시인으로 언제든지 변할 수 있다. "아기장수" 설화엔 수많은 변종이 존재하지만, 주인공이 날개 달린 아기였다는 것과 그것이 권력에 대한 민중의 저항의 서사라는 것, 그리고 도래할 미래의 성취에 실패한다는 결론은 거의 동일하다. 여기에서 '아기'는 억압받는 민중에게 잠재성, 성장 가능성, 구현될 미래이고, 날개는 수직적 위계를 무너뜨리는 힘의 기표이다. 아기장수 설화엔 민중의 유토피아 욕망과 유토피아가 실현될 수 없는 현실에 대한 절망적 인식이 함께 담겨 있다. 그런 점에서 그것은 설화이면서도 매우 현실적인 언어이다. 두 번째 연의 "아톰", "독수리 오형제" 같은 만화들은 아기장수 설화와는 전혀 다른 것으로서 (사람은 당연히 날 수 없다는) 뻔한 "생각 위로 날아다녔던" 상상력의 산물이다. 아기장수 설화와 이 만화들은 적어도 겉으로는 아무런 연관이 없다. 그것들은 오로지 '날개'라는 기표의 움직임에 따라 소환되는 다양한 기의-현실들이다. 시인은 이런 현실들에 머물지 않고 유년의 체육대회로 가서 "날개 없이" 죽은 교사들을 호출하기도 한다. 시인은 이렇게 저항적 민중 설화와 한때 열광했던 만화, 날개를 매개로 한 유년의 기억을 따라가다가 꿈에서 깨어나면서 현실로 돌아온다. 그러나 현실에서 그가 만나는 것 역시 날개와 관련된 유사 존재, 즉 "날개 없이 날아다니는 시인" 자신이다. 이 시에서 '날개'는 이렇게 무수히 이질적인 기의들을 호출하여 한데 섞는 음성 이미지이다. 시인은 이를 통해 의식/무의식의 경계를 허물고, 장르 간의 경계를 무너뜨리며, "시간의 담"을 마구 넘는다. 유태안 시인에게 시를 쓰는 일이란 이렇게 "날개 이야기에 날개"를 다는 일이고, 몽타주는 그것에 가장 효과적인 장치이다.

중첩된 공간과 시간의 숨바꼭질 속에 숨어 있는 나의 신부 찾기 신부가 벗어 놓고 사라지는 그림자 술래가 되어 찾아 나선 오후의 방 나는 은유와 상징을 쌓으며 짓는, 춤추는 감옥, 출입 계단 위에 앉아 있는 고양이 수염에 닿는 핏빛 선명한 야생의 기억 터널 지나 죽은 듯 연기演技하는 하루 액자 속의 액자 물방울에 비친 우주 소환된 자들의 이름표로 붙인 불꽃 시집의 서랍 속에

동그마니 남아 있는 햇빛 씨앗
　　―「몽타주―씨앗을 찾아서」 전문

　눈썰미가 좋은 독자는 이미 눈치챘겠지만, 유태안의 몽타주엔 어떤 중심이 있다. 그것은 이질적인 것들의 소란 속에서 태풍의 눈처럼 움직인다. 그것은 앞서 인용한 시의 '날개'처럼 몽타주의 방향이자 에너지 역할을 한다. 그렇지만 그것은 스스로 시스템이 되기를 거부하는 '텅 빈 중심'이다. 그것은 나머지를 결정하지 않으며 다른 것들과 함께 움직이고 휩쓸리는, 탈중심화된 구조이다. 위 시에서 그 텅 빈 중심은 시 쓰기("시집")이다. 그것은 빛의 "씨앗"으로서 이질적인 것들을 동원하여 "중첩된 공간"을 만들고, "시간"을 휘저어놓으며, "은유와 상징"의 "춤추는 감옥"을 짓는다. 이 끝없이 이질적인 것들의 뒤섞임 속엔 "핏빛 선명한 야생의 기억"도 있고, "액자 속의 액자"가 있으며, "물방울에 비친 우주"도 있다. 유태안의 시를 이루는 '씨앗'은 이렇게 시간과 공간의 이질적인 파편들을 흡입한다. 그것은 존재와 세계를 휩쓸고 지나온 바람의 내면처럼 이질적인 것들의 복잡한 충돌로 이루어져 있다. 이것이야말로 유태안이 파편화된 세계를 대하는 미적 방식이다. 그는 파편화된 세계에 파편화된 형식으로 응수한다.

3

　시스템을 의심하는 이유는 그것이 너무 손쉬운 진리 담론을 생산하기 때문이다. 구조가 나머지 모든 것을 결정한다는 생각은 얼마나 쉽고 편한가. 문제는 세계가 그렇게 간단치 않다는 것이다. 세계는 해석(결정)하는 순간 비결정성의 공간을 보여주며, 진리는 포착되는 순간 블랙홀로 사라진다. 언어는 존재의 집이지만, 존재는 언어 안에 갇히지 않는다. 존재와 세계를 가둘 수 있는 것은 아무것도 없다. 주체에게 세계는 전유 불가능한 타자이다. 언어는 바람처럼 존재를 감지하지만, 감지의 순간 존재는 기표들의 바람 속으로 사라진다. 유태안의 몽타주는 이렇게 텅 빈 중심으로 이루어진 다양한 이어체를 보여주는 효과적인 장치이다.

　더없이 소중한 사람 누군가 만나기 위해 내려가야 하는 동굴 누군가 만나기 위해 버려야 하는 주소 누군가 만나기 위해 불러야 하는 노래 누군가 만나기 위해 찾아가야 하는 절벽 누군가 만나기 위해 떠나야 하는 강가 누군가 만나기 위해 꺼내 읽는 약속 노을 편지엔 있지 누군가가 아직도 떠나지 않고 있는 노을 꼭 만나야 하는 누군가 말도 한마디 없이 절차도 없이 거울 속으로 사라진 봄의 탈영脫營
　―「몽타주―노을 편지」 전문

존재("더없이 소중한 사람")를 만나기 위해선, 내려가거나, 버리거나, 부르거나, 찾아가거나, 떠나야 한다. 존재는 다양한 수행성performativity을 경유해야만 도달할 수 있는 대상이다. 주디스 버틀러J. Butler의 주장대로 존재의 정체성은 존재 자체가 아니라 그것의 수행성을 통해 드러난다. 존재가 수행performance을 만드는 것이 아니라, 반복된 수행성이 정체성을 만든다. 문제는 수행성의 반복이 정해진 구조가 아니라 균열과 불안정성을 생산한다는 사실이다. 이 시에서 존재는 처음엔 동굴, 주소, 노래, 절벽, 강가, 약속 등의 이질적인 기표들에서 행해지는 수많은 수행성을 통하여 포착이 가능할지도 모를 대상으로 형상화된다. 그러나 그것은 화자의 기대일 뿐, 존재는 어느 순간 "말도 한마디 없이 절차도 없이" 사라진다. 그 텅 빈 중심에서 울려 퍼지는 메아리가 시인의 몽타주이다. 유태안에게 진리는 탈중심화된 몽타주에 흩뿌려진 파편처럼 존재한다.

귀를 막고 들어라 눈을 감고 보아라 반인반수半人半獸 사이렌의 아름다운 노래를 들으려면 도망쳐라

편견과 통념의 유혹을 벗어 던지고 알몸이 되라 하늘이 내려오는 호수에 안개가 덮이거든 난파된 뱃사람들의 뱃노래가 들

리거든

안개를 헤치고 노를 저어라 위험한 언덕을 향해 즐거이 가라
진실은 거기에 있다 태초 어둠의 바닥에 닿는 두려움이 죽음이다

사람과 새들이 하나로 사는 마을 마음으로 열고 들어가라

사이렌의 노래를 듣고 싶은 유혹에서 도망쳐라 내 귀에 끝없
이 소리치는 유혹에서 도망쳐라
　　　　—「몽타주—사이렌」 전문

사이렌은 아름다움을 가장한 죽음이다. 그것은 회오
리바람처럼 강력한 중심으로 뱃사람들을 부른다. 그것에
저항하는 유일한 방법은 그것의 "유혹에서 도망"치는 것
밖에 없다. 그러므로 몽타주는 구심력이 아니라 원심력
의 방향으로 움직인다. 원심력의 방향으로 움직일 때, 나
쁜 중심이 해체된다. 시는 "귀를 막고 들"으며 "눈을 감고
보"는 역설의 언어이다. 그것은 유혹 속에서 유혹을 거부
하는 모순의 언어이다. 그것은 중심의 강한 유혹에 휩쓸
리면서 동시에 그것을 벗어나 "위험한 언덕"을 향하는 모
험의 언어이다. 강력한 중심을 거부하려면 위험을 감수
해야 한다. 시는 "어둠의 바닥에 닿는 두려움"을 거부하

고 세계를 위험한 언덕에 노출하는 언어이다. 중심이 없는 모든 것은 아슬아슬하게 위험한 진리를 향해 있다. 몽타주가 흩뿌린 기표들 속에 진리가 깨진 거울 조각들처럼 반짝인다. 이 시집은 세계가 그런 조각들의 무수한 나열 속에 존재함을 보여준다. 끝

달아실시선 86

몽타주로 만든 공

1판 1쇄 발행	2024년 11월 15일
지은이	유태안
발행인	윤미소
발행처	(주)달아실출판사
책임편집	박제영
기획위원	박정대, 이홍섭, 전윤호
편집위원	김선순, 이나래
디자인	전부다
법률자문	김용진, 이종진
주소	강원도 춘천시 춘천로 257, 2층
전화	033-241-7661
팩스	033-241-7662
이메일	dalasilmoongo@naver.com
출판등록	2016년 12월 30일 제494호